W0365719

Dortmunder Buch

1. Auflage

Buchumschlag Motiv:
Matthias Engels

ISBN 978-3-945238-40-0

Verlag Dortmunder Buch
Dieckmannweg 3a
44339 Dortmund
Tel: +49 (0)231 2206602
Fax: +49 (0)231 2206603
verlag@dortmunder-buch.de
www.dortmunder-buch.de

Thorsten Trelenberg

Auf der Suche nach dem Zauberwort

Торстен Треленберг

В поисках волшебного слова

In einer Übersetzung von
Liza Dushina

Перевод
Елизаветы Душиной

Möge dieser Band zum Gelingen
des "Westfälisch-Kaukasischen
Literaturkreises" beitragen.

Пусть этот сборник внесет вклад
в становление "Вестфальско-
Кавказского литературного круга".

Vielen Dank für die freundliche Unterstützung

Большое спасибо за дружескую поддержку

DEUTSCH-RUSSISCHE AKADEMIE RUHR

LiteraturRaum DortmundRuhr

Kulturbüro

Stadt Dortmund Kulturbetriebe

ПЯТИГОРСКИЙ ГОСУДАРСТВЕННЫЙ УНИВЕРСИТЕТ PYATIGORSK STATE UNIVERSITY ПГУ PSU

[lila we:] literaturland westfalen

Auslandsgesellschaft.de

Suche

Könnte ich die Worte
Nur finden

Wie

Die verwilderten Tauben das
Graue Brot
Auf dem Bahnsteig

Wie

Könnte ich die Worte
Nur finden

Поиск

Мог бы я только
Найти слова

Как

Одичавшие голуби серый
хлеб
На перроне

Как

Мне только
Найти слова

Ankunft der Wörter

Wenn der Wind
Manchmal unsichtbar

In aller Frühe
Ums Haus streift

Ein paar Blätter aufwirbelt
Sich in tropfnassen Büschen

Verfängt oder missmutig
Im Windfang verweilt

Stehst du auf um
Dem Labyrinth deiner

Inneren Landschaften zu
Entfliehen und um von da an

Stundenlang vor einem weißen
Blatt Papier verharrend auf

Die Ankunft der Wörter
Zu warten

Прибытие слов

Когда ветер
Порой невидимо

Спозаранку
Бродит вокруг дома

Взметает пару листьев
Запутывается в насквозь
промокших кустах

Или недовольно
Задерживается в сенях

Ты встаешь чтобы
Сбежать из лабиринта

Своих внутренних
ландшафтов
И чтобы отныне

Часами перед белым
Листом бумаги настойчиво

Ждать прибытия
Слов

Gezeiten

Gedichte
Sind meine
Gezeiten

Dichtung
Mein goldenes
Netz

Verfangen darin
Wörter

Zappelnd wie
Fische

Приливы и отливы

Стихи
Мои
Приливы и отливы

Поэзия
Моя золотая
Сеть

Запутавшиеся в ней
Слова

Трепыхаются как
Рыбки

Leben

Ich lebe

Von
Gedicht
Zu
Gedicht

Lebe auf

Lebe ab

Von
Gedicht
Zu
Gedicht

Жизнь

Я живу

От
Стихотворения
К
Стихотворению

Оживаю

Чахну

От
Стихотворения
К
Стихотворению

Versgeboren

In jeder Zeile
Leben

Kein Buchstabe
Wirft Schatten

Wieder
&
Wieder

In jedem Vers

Geboren

Рожденный из строк

В каждой строке
Жизнь

Ни одна буква
Не отбрасывает тень

Опять
&
Опять

В каждой строке

Рождаюсь

Rieselverse

An manchen Tagen
Klingelt das Leben
Sturm und die Zeit
Lauert mir auf

Dann setze ich alles
Auf eine Feder

Und Liebe rieselt
Aus meinen Versen

Струящиеся строки

В некоторые дни
Жизнь звонит в дверь
Без устали и время
Подкарауливает меня

Тогда я ставлю все
На одно перо

И любовь струится
Из моих строк

Mehr Wörter

Ein Wort

Hell wie eine Kerze
In der Nacht

Ich brauche
Noch mehr Wörter

Soll ich durch
Die Nacht kommen

Больше слов

Одно Слово

Светлое как свеча
В ночи

Мне надо
Больше слов

Если хочу
Пережить ночь

Täglich wieder

In den weiten Ebenen
Der Poesie
Ist der Dichter
Niemals heimatlos

Dort
Unter einem Himmel
Voller Worte
Kennt er keine
Einsamkeit

Taumelnd
Wirft er sich
Täglich wieder
Den Buchstaben
Zum Fraß vor

С каждым днем опять

В далеких равнинах
Поэзии
Поэт
Никогда не бывает скитальцем

Там
Под небом
Полным слов
Не ведомо ему
Одиночество

Шатаясь
Он бросает себе
С каждым днем опять
Букву
На растерзание

Vor einer Lesung

Durchlaufe die Stadt
In der Nacht

Wundgetretenes
Straßenpflaster
Saugt mich auf

Noch vor Sonnenaufgang
Muss ich wieder
Zu meinem Wort stehen

До чтения

Пробираюсь сквозь город
В ночи

До боли истоптанная
Мостовая
Поглощает меня

Еще до восхода солнца
Я опять должен быть
Верен своему слову

Wortkokon

Umgeben von all den
Wortlarven
Mit denen er sich
Verpuppt

Warten

Auf den einen Vers

Auf diese einzelne
Besondere Zeile

Словесный кокон

В окружении всех тех
Словесных личинок
С которыми он
Окукливается

Ожидание

Той стихотворной строки

Той отдельной
Особенной строки

Außermündig

Ihr Obdach verlassend

Leuchten sie nun unter
Schwarzen Sonnen

Ernähren das Schweigen
Erschöpfter Träume

Oder sie irren im
Hilflos umher

Außermündig gehen
Sie ihre eigenen Wege

In welche Himmel
Habe ich meine Gedichte
Geworfen

За пределами рта

Покидая свой кров

Они сияют теперь под
Черными солнцами

Кормят молчание
Изнуренных снов

Или блуждают в
Беспомощности

За пределами рта
Они идут своими дорогами

В какие небеса
Я забросил свои стихи

Buchstaben

Abgeerntete
Felder machen Angst

Das Jahr
Ist nicht mehr
Lang

Buchstaben treiben
In meinem Kopf

Буквы

Сжатые
Поля пугают

Год
Уже не
Долог

Буквы дрейфуют
В моей голове

Kernbeißer

Aber bis zum
Eigentlichen Kern
Der Angelegenheit
Bin ich noch nicht
Vorgedrungen

Scheinbar ist alles
Klar

Doch der Schein
Trügt
Und die Klarheit ist
Trübe

Дубонос

Но до
Непосредственного ядра
Дела
Я еще не
Добрался

Видимо все
Ясно

Но внешний вид
Обманчив
А ясность
Мутна

Versinken

In einem Gedicht
Versinken

Erste Sonnenstrahlen
Spüren

Flüchtiges Aroma von
Zitronen und Glyzinien

In einem Gedicht
Versinken

Bis zum Hals

Утонуть

Утонуть в
Стихотворении

Почувствовать
Первые лучи солнца

Мимолетный аромат
Лимонов и глициний

Утонуть в
Стихотворении

По шею

Verlassene Obstbäume

Leben in der Schwebe
Den Sommer einatmen
Um möglichst lange
Dem Herbst zu entfliehen

Bachkiesel murmeln
Den Gräsern etwas zu

Verlassene Obstbäume
Erinnern an Versäumtes

Von einem vorbeifahrenden
Roller aus grüßt schüchtern
Ein Mädchen

Eine Wolke später
Ordnen sich die Dinge
Im Kopf

Und werden

Gedicht

Покинутые фруктовые деревья

Жить на волоске
Вдыхать лето
Чтобы как можно дольше
Избегать осени

Ручейная галька
Журчит о чем-то с травой

Покинутые фруктовые деревья
Напоминают об упущенном

С проезжающего мимо
Мотороллера застенчиво
здоровается
Девочка

Одним облаком спустя
Вещи встают на свои места
В голове

И становятся

Стихотворением

Bis zum Morgengrauen

Ein Gedicht im Gras
Lesen

Bis zum Morgengrauen
Wein
Und du
In meinen Armen

Jetzt verirrt sich
Kein Gedanke mehr
Aufs Papier

До рассвета

Прочитать стихотворение
В траве

До рассвета
Вино
И ты
В моих объятиях

Теперь ни одна
Мысль не забредет
На бумагу

Im Gedicht

SEIN

Eigener Herr

SEIN

Eigener Sklave

SEIN

В стихотворении

БЫТЬ

Своим хозяином

БЫТЬ

Своим рабом

БЫТЬ

Poesie

Ist wie Essen

Ist wie Trinken

Ist wie Atmen

Poesie

Ist mein Leben

Поэзия

Как еда

Как питье

Как воздух

Поэзия

Моя жизнь

Schöpfen

Vom Leben überflutet
Werden und im Gedicht
Über die Gegenwart
Hinausgehen

Создавать

Быть переполненным жизнью
И в стихотворении
Выходить за рамки
Настоящего

Testament

Wenn es denn sein muss

Streut meine Asche
Zwischen die Seiten eines
Guten Buches

Und begrabt mich in einer
Bibliothek

Завещание

Если это необходимо

Рассыпьте мой прах
Между страницами
Хорошей книги

И похороните меня в
Библиотеке

Schwebewesen

(für H.C. Artmann)

Für einen Moment
Schwebewesen

Für einen Moment
Möglichkeit

Nicht Himmel
Nicht Erde

Für einen Moment
Gedicht
Sein

Парящее создание

(Х. К. Артманну)

На мгновение
Парящее создание

На мгновение
Возможность

Не небо
Не земля

На мгновение
Быть
Стихотворением

Zwei Bücher

(für Mark Burrows)

Auf einem Stuhl
Zwei Bücher

Wie Schmetterlinge
Auf einer Blüte

Reglos verharrend

Um im richtigen
Moment die Flügel
Zu öffnen und
Sich in die Lüfte
Zu erheben

Две книги

(Марку Берроузу)

На стуле
Две книги

Как бабочки
На цветке

Пребывая в неподвижности

Чтобы в правильный
Момент расправить
Крылья и
Подняться в
Воздух

Zeitgarten

Im Garten der
Zeit

Haust Menschen
Wort

Ohne Anfang ohne
Ende

Aller Welten
Fluss

Ohne Anfang ohne
Ende

Im Garten der
Zeit

Сад времени

В саду
Времени

Обитает слово
Человека

Без конца без
Начала

Река
Всех миров

Без конца без
Начала

В саду
Времени

Weder Regen

Noch Wind

Über den Bergen

Hinunter zum Meer

Zieht der Mond seinen

Silbrigen Schlitten

Noch klebt der Tag

Wie süsser Honig

Auf unserer Haut

Ни дождь

Ни ветер

Над горами

В сторону моря

Месяц стягивает свои

Серебряные сани

Пока день липнет

Как сладкий мед

К нашей коже

Unsichtbarer Fisch

Längs den Ufern
Deiner Gedichte

Wie ein
Unsichtbarer Fisch

In den steigenden Fluten
Deiner Tintenströme
Treiben

Невидимая рыбка

Вдоль берегов
Твоих стихов

Как
Невидимая рыбка

В растущих потоках
Твоих чернильных вод
Нестись

Veranda

Morgensonne wirft
Schatten durch müde
Augenlider

Zwischen mürben
Ziegelsteinen
Wuchern
Jahreszeiten

Schneeblind lagern
Krokusse am Rand
Der Erschöpfung

Веранда

Утреннее солнце отбрасывает
Тени сквозь сонные
Веки

Между рассыпчатыми
Кирпичами
Разрастаются
Времена года

Слепые от снега залегли
Крокусы на самом краю
Изнеможения

Sommerreste

Verwelkte
Rosenblätter
Auf dem Gehweg

Vom Winde
Verwehte Sommer
Fliehen mühelos

In traumlose Tage
Und federleichte
Verse

Остатки лета

Увядшие
Лепестки роз
На дорожке

Унесенные ветром
Лета
Легко убегают

В дни без сновидений
И легкие как перышко
Строки

Spiegelteich

Mein zierlicher Spiegelteich
Auf dem ich
Einer flaumigen Feder gleich
Dahin treibe

Flüchtig atme ich deinen
Nebelschleier

Und erkenne

Зеркальный пруд

Мой изящный зеркальный
пруд
По которому я
Будто пушинка
Дрейфую

Мимолетно вдыхаю твою
Пелену тумана

И осознаю

September

Turmhohe Wolken
Über Wasser
Wald und Feld

Verliert sich blasses
Abendlicht im Laub

Aus der Tiefe des Tages
Antwortet roter Mohn

Сентябрь

Облака высотой с башню
Над водой
Лесами и полями

Теряется бледный
Вечерний свет в листве

Из глубины дня
Отвечает красный мак

Herzenskarneval

(für Birgitta)

Alle Gedichte die ich dir schrieb
Herzenskarneval & Wangenröte

Alle Gedichte die ich dir schrieb
Himmelblau & Rosengarten

Alle Gedichte die ich dir schrieb
Liebe

Карнавал сердец

(Биргитте)

Все стихи что я писал тебе
Карнавал сердец & румянец
на щеках

Все стихи что я писал тебе
Небесная лазурь & розовый
сад

Все стихи что я писал тебе
Любовь

Musikkosmonauten

Sind wir

Tauchen im Konzert
Saal ab

Nur um bei uns zu
Sein

Космонавты в музыке

Мы

Ныряем в концертный
Зал

Только чтобы быть
Друг с другом

Rettungsinseln

Immer wieder
Stranden

An den Klippen
Der Bücherregale

Jedes Buch
Eine Insel

Eine
Rettungsinsel

Спасательные плоты

Всякий раз
Терпеть крушение

У скал
Книжных стеллажей

Каждая книга
Плот

Спасательный
Плот

Analoge Pixel

Tage

Reglos
Wie Mosaiksteine

Analogen Pixeln
Gleichend

Erst am Ende
Wird man sehen

Welches Bild
Sich daraus

Ergibt

Однотипные пиксели

Дни

Неподвижные
Как плитки мозаики

Похожие на
Однотипные пиксели

Лишь в конце
Будет видно

Какая картина
Из этого

Сложится

Die Solistin

Ihr Kopf ein leichtes
Musikschweres Universum

Voller Fragen
Voller Zeichen
Voller Schrunden

Manchmal fliegt
In schlaflosen Nächten
Ein Notenschwarm vorbei

Unterwegs zum Olymp

Begleitet
Von der bangen Frage
Ob sie wohl schon
Auf ihrem Gipfel ist

Солистка

Ее голова легкая
Наполненная музыкой
вселенная

Полная вопросов
Полная знаков
Полная трещин

Иногда пролетает мимо
Бессонными ночами
Стая нот

По пути к Олимпу

Сопровождаемая
Робким вопросом
Добралась ли она уже
До своей вершины

Kalligrafie der Gezeiten

Zarte Linien
Von Ebbe und Flut
Gezeichnet
Säumen den Strand

Zarte Linien
Verlorenes
Spiel auf Zeit

Kalligrafie
Der Gezeiten

Каллиграфия приливов и отливов

Нежные линии
Приливов и отливов
Намечены
Обрамляют морской берег

Нежные линии
Проигранная
Игра на время

Каллиграфия
Приливов и отливов

Mond der Dinge

Mit verwilderten Träumen
Im Kopf schleife ich
Den Rest dieser Nacht
In die Küche

Die Glühbirne dort
Ist für die Dinge
Der Mond

In ihrem gleißenden Licht
Legen sich die Schatten
Der Dinge schlafen

Луна вещей

С одичалыми грезами
В голове я волоку
Остаток этой ночи
На кухню

Лампочка там
Для вещей
Луна

В ее сверкающем свете
Тени вещей
Ложатся спать

Nicht jetzt

Wieder einmal
Hält der Sommer
Sein Versprechen
Nicht

Zwischen
Pflastersteinen
Ertrinkt
Der Regen

Unser Spiegelbild
Im Schaufenster

Nicht jetzt
Sondern später
Werde ich
Blumen kaufen

Und sie dir
In deine Jahre
Streuen

Не сейчас

В очередной раз
Лето не сдерживает
Свое
Обещание

В
Брусчатке
Тонет
Дождь

Наше отражение
В витрине

Не сейчас
А позже
Я куплю
Тебе цветов

И рассыплю
Их по твоим
Годам

Ihr Sein

Mit spitzer Feder
Schreiben die Vögel

Ihr Tagebuch
Ins Blau

Über Feuchtwiesen
Und Dünen

Ist der Himmel
Ihr Sein

Ее бытие

Острым пером
Вписывают птицы

Ее дневник
В синеву

Над болотными лугами
И дюнами

Небо
Ее бытие

Der Autor

Thorsten Trelenberg

Lyriker, Kinderbuchautor & Flusspoet
Mitglied im vs.verdi
Verband deutscher Schriftstellerinnen und Schriftsteller

ist mit Kurzgeschichten und Gedichten in über 100 Anthologien vertreten und veröffentlichte bis heute zahlreiche Gedichtbände, Kinderbücher, sowie 5 CDs mit vertonten Gedichten

2012 Alfred-Müller-Felsenburg-Preis für aufrechte Literatur

www.thorsten-trelenberg.de

Торстен Треленберг

Лирик, автор книг для детей и «речной» поэт,

Член Союза немецких писателей vs.verdi,

Известен своими новеллами и стихами, опубликованными более чем в 100 антологиях, опубликовал до сегодняшнего дня многочисленные сборники стихов, а также 5 дисков с озвученными стихами.

В 2012 г. получил премию Альфреда-Мюллера-Фельзенбурга за «честную и правильную» летературу.

www.thorsten-trelenberg.de

Die Übersetzerin

Liza Dushina

wurde 1996 in Nizhnij Novgorod, Russland geboren und zog im Alter von 3 Jahren mit ihren Eltern nach Deutschland. Nach vielen Umzügen und 7 Schulwechseln legte sie 2016 ihr Abitur an der Freien Waldorfschule Soest ab und begann ihr Studium der Russischen Kultur und Slavistik an der Ruhr-Universität Bochum. Neben ihrem Studium und regelmäßiger Arbeit als Übersetzerin verfasst sie Gedichte und schreibt Musik.

Переводчица

Елизавета Душина

родилась в 1996 году в Нижнем Новгороде и переехала в возрасте 3 лет с родителями в Германию. После множества переездов и 7 разных школ, закончила в 2016 году школьное образование в вальдорфской школе города Зоста и поступила на факультет русской культуры и славистики Рурского университета в Бохуме. Помимо учебы в университете пишет стихи и музыку.

Beim Verlag Dortmunder Buch sind erschienen:

Peter Gallus

Vor Allahs Angesicht - Roman
Going Upstairs - Roman über den afrikanischen Exodus
Der Ritter mit dem eisernen Halsband - Roman
Das Eiserne Halsband des Lambert von Oer -
Dokumentation
Tod vor Toulon - Roman aus dem Seglermilieu
Der Schulstreit von Havixbeck - Theaterstück
Das Weihnachtsmusical - Über die Geburt Christi
Buße für Melchior - Theaterstück
Das Eiserne Halsband - Theaterstück
Pastorin & Kalaschnikow - Krimiserie

Thorsten Trelenberg

Das atmende Lid - Ausgewählte Gedichte
Flusspoet - Ausgewählte Gedichte
Poesieoasen - Ausgewählte Gedichte
Herzklappenartisten - Ausgewählte Liebesgedichte
Aschegeister - Ausgewählte Gedichte
Emscherland - Ausgewählte Gedichte
Aus Worten geboren - Zweisprachige Gedichte,D/Rus.
Meintagsfliegen - Ausgewählte Gedichte
Ruhrikus, Band 1–4 - Ausgewählte Gedichte

Dr. Helmut Martens

Wo die ganze Gestalt der Dinge sich ändert -
Gedanken zum Hölderlin Jahr 2020
Arbeit und Demokratie- Sachbuch

Dr. Wilfried Grewing, Bernhard Lüke

Die Heiligen von Kakesbeck - Sachbuch
100 Jahre Hünnebeck - Sachbuch

Dr. Gerd Möller

Erinnerungen einer Mutter von fünf Söhnen -
Biographie
Das Leben ist ein Streichelzoo -
Biographie eines Widerspenstigen

Jan Michaelis, Barbara Klein, Judith Gottschalk, Elisabeth Jansen, Peter Gallus, Heidelore Verhasselt

Frauen–Mörder–Mörderinnen - Krimianthologie

Thorsten Schröder

Wärmequellen für Wärmepumpen - Sachbuch

Heidelore Verhasselt

Lebenskarussel - Biographie

Barbara Klein

Halifax and More - Erlebnisbericht
Josefus von Speckstein - Kinderroman

Patrick Fichter

Mein Plan ist kein Plan - Reisetagebuch

Literatengruppe Dortmund

Die Lynchen uns - Kettenroman
Schön hier - Lieblingsplätze und Herzensorte

Peter Dürrbaum

Manchmal denke ich an Cordes - Erinnerungen

Ali Fuat Kop

Suskun Diller Diyari - Gedichtband (Türkisch)
Eylül'de Sekizlerin Türküsü - Roman

Hassan Lütfi Kop

Blutregen über Kurdistan - Roman (Türkisch)
Kurden und Kurdistan - Geschichtsbuch (Türkisch)
Devre-i mihne - Gedichtband

Margarete Koppetsch

Gleich einem Sommertag - Biographischer Roman

Roland Höft

Wir schaffen das [nicht] - Chronik eines Staatsbankrotts